U0628545

两只想当诗人的猫

海星 著

史一帆 绘

国际文化出版公司
·北京·

图书在版编目（CIP）数据

两只想当诗人的猫 / 海星著；史一帆绘 . —— 北京：
国际文化出版公司，2023.1
ISBN 978-7-5125-1465-2

Ⅰ . ①两… Ⅱ . ①海… ②史… Ⅲ . ①诗集－中国－
当代 Ⅳ . ① I227

中国版本图书馆 CIP 数据核字 (2022) 第 182315 号

两只想当诗人的猫

作　　者	海　星	
绘　　者	史一帆	
责任编辑	吴赛赛	
特约编辑	罗路晗	
封面设计	鸿儒文轩	
出版发行	国际文化出版公司	
经　　销	全国新华书店	
印　　刷	三河市华东印刷有限公司	
开　　本	880 毫米 ×1230 毫米　32 开	
	3.625 印张　　　　　100 千字	
版　　次	2023 年 1 月第 1 版	
	2023 年 1 月第 1 次印刷	
书　　号	ISBN 978-7-5125-1465-2	
定　　价	48.00 元	

国际文化出版公司
北京朝阳区东土城路乙 9 号
总编室：(010) 64270995　　　　邮编：100013
销售热线：(010) 64271187　　　　传真：(010) 64270995
传真：(010) 64271187-800
E-mail: icpc@95777.sina.net

写在前面的话

　　中学时代我因为一部动漫产生了一个梦想——养两只猫，一只叫三三，一只叫斑斑。直到 2018 年，我的梦想实现了。2018 年 3 月 19 日出生的三三和 2018 年 3 月 31 日出生的斑斑先后走进了我的生活。

　　从开始的笨拙到现在变成一个专业"铲屎官"，是一段非常有意思的经历——有担心、有开心、有欢笑、有眼泪、有幸福、有治愈。三三和斑斑的性格有时候让人觉得它们不是猫——而是性格很包容的人。它们从小到大几乎不会怕人，无论谁来家里做客，它们都会很热情地迎上去，以示友好。慢慢地，我身边很多朋友都参与到它们的成长当中，这些人有的以舅舅或舅妈自居，有的以阿姨或姐姐自居，甚至还有三位"干妈"也各自表达着对三三和斑斑的爱。曾经有几位朋友因为心情不好或者在生活中遇到一些困惑来我家散心，原本他们是来找我聚聚的，没想到被三三和斑斑的咕噜声以及温情治愈了。后来，这几位朋友成了家里的常客，每次来都和三三、斑斑一起互动玩闹。3 年的时间，三三和斑斑有很多成长故事，每次与朋友分享这些故事的时候，无论是讲故事的我，还是听故事的对方，都不自觉面带着微笑。

我也曾担心会不会因为我的分享让人误会养猫只有幸福和治愈，所以有朋友表达想要养猫的愿望时，我都会先和对方分享养猫需要负起的责任——相比时间和物质成本，责任感才是最重要的。猫咪不是我们生命的过客，也不是人类取乐的工具，而是陪伴我们走过一段生命旅程的，有情感、有思想、需要爱和呵护的家人。有人听了我的分享，决定让猫咪走进自己的生命，也有人开始重新考虑。有一天在和朋友交流心得的时候，看到朋友在放弃养猫的念头之后失落的样子，我忽然有了一个想法，我是否可以以另一种方式，让三三和斑斑温暖更多人。这样很多人虽不用亲自养猫，但也可以通过三三和斑斑的故事获得安慰和快乐。

　　这样的念头产生之后，我便久久无法平静，直到写出了这些文字。这本书分为两部分：第一部分是我跟三三以及斑斑生活当中的故事——我以三三和斑斑的视角和口吻，用诗歌体的形式进行阐述，为了方便读者理解，中间加入了自白，比如："我是斑斑……""我是三三……""我是海星……""我是××……"；第二部分我邀请了身边的养猫族分享了他们和自己猫咪的趣事，为了配合第一部分的文体，他们也特别用诗歌体分享了一些很精彩的故事。

　　最后，我想说的是，无论你是谁，无论你在哪儿，都希望三三和斑斑的故事能永远陪着你……如果你寒冷，便为你送去温暖；如果你疲惫，便为你送去鼓励；如果你孤独，便为你送去热闹。

目 录

第一部分　我们的诗

你好？你好！

我已经忘记了，
刚刚来到这个世界的感觉。
和兄弟姐妹们争着吃奶，
本能地争。

他们一个个离开了，

没有人告诉我原因。

我发着抖，被展览出来很多次。

一边不敢想象，

自己离开后妈妈四处寻找的样子。

一边忍不住向我喜欢的味道靠近。

不用争着喝奶了，按时被喂养……

说不上不幸，但也不是确定的幸福。

我叫斑斑，

有了新的妈妈——和我如此不同，

一边试图躲藏，

一边感受着被疼爱。

我经历了一次漫长的出走，

第一次，独自上路。

喵——喵——喵——

稚嫩的声音从我的嗓子里发出，
我试图靠近一种完全陌生的味道。

我是三三，
感受到了被观察，
被轻抚，
被捧着。
第一个晚上睡在陌生
但亲切的味道里：
被观察，
被轻抚，
被捧着，
也被疼爱着。

斑斑，
你的名字在十几年前就已经确定，
请不要介意我的执念太深。

你只有我的手掌那么大，
小心翼翼地从我的手掌
爬到肩膀。
——与其说是一只猫，
不如说更像一只小老鼠。
身体瘦瘦小小，
乳毛稀稀疏疏。
还没被送走的，你的兄弟姐妹中，
只有你是主动亲近我的，
仿佛有个声音告诉我：
海星，等待多年的斑斑，
终于可以被你温柔相待了。

三三不是我最初选择的
蓝眼妹妹。
小小的身体像有魔力一样，
吸引着我去抱抱，

连一瞬的犹豫都没有。

你本就不是我随便购买的物件，

而是我需要用柔情保护的家人。

奶声奶气，蹭着我的脚踝。

捧在手心里的温顺，

你是我想象中的公主模样。

我是海星，

手忙脚乱、笨拙地——

按照过来人的指导。

给三三创造"最好"的成长环境。

2

碎碎王子·斑斑

我是斑斑，

我承认，我不喜欢花花草草。

但是客厅里摆着的瓶子，

像重力吸引着牛顿的苹果一样，

吸引着我去靠近。

在它碎掉的同时，

我才知道花瓶也无法抗拒

地心引力的召唤。

我开始不安了，

厨房煮的饭烧糊了，

而原本煮饭的妈妈，

却在沙发上睡得正香。

我要怎么引起她的注意！

我该怎么引起她的注意？

Duang——

妈妈醒了，好像

没意识到这个房间发生了什么。

三三，对不住，

看到你吓了一跳，我才想起来，
打碎花瓶前应该要提醒你的。

三三：……

海星：
斑斑你又把花瓶打碎了？
天啊，饭煮糊了？
三三斑斑，你们有没有被吓到？

3

我们的三三

生病了

最开始，

我也不知道自己生病了。

只是有些痒。

以为妈妈不在的时候，

自己梳理好毛发就会被夸奖。

耳朵很痒，

背上很痒，

肚子很痒。

我是三三，生病很久了。

伤口比圣女果还大。

粉粉的妈妈不在家——

我的肚腩上

有两处粉粉的伤口。

合肥和广州之间来回飞了半年，

对三三和斑斑照顾不周的半年。

后悔莫及的半年，

我的三三生病了。

在家和医院间徘徊，

三三被抗生素折磨着——

暴饮暴食且暴瘦。

在医生抽血检测的时候，

没忍住叫出声的小奶音里，

只有我感受到了歉意和安慰。

——因为让我担心而有的歉意。

——因为我泪崩了而给的安慰。

我是海星，

因三三生病而几度泪崩，

因三三的温柔而坚强无比。

三三从医院回来后，

我被吓到了——她引以为傲的毛不翼而飞。

一根都不剩，真是见鬼。

我看到她敏感的皮肤上有很多伤口。

她不让任何人靠近和碰触，

我能感受到她的痛苦——

空气的流动都让她感到痛。

我想帮她挡住风——但总是被妈妈阻止；

我提醒她趴下会舒服些——却忽略了它肚子上的伤口。

看着三三站着一动不动——其实她一直在发抖；

看着三三很久没吃东西——担心她会饿坏；

看着三三……

我只能围着她转，

想给她一切，

但是什么都做不了。

我是斑斑——

陪着三三一动不动。

4

真正的爱好

猫爬架，
猫薄荷，
花花衣服，按摩仪。
我是海星，

我以为这都是猫咪的最爱
和铲屎官的基本配置，
显然，我错了。

没有挑战难度的攀登高度，
没有手感的纸板，
困住灵魂的衣服，
我是斑斑，
只有猫薄荷，
偶尔可以唤起我的激情。

丢掉猫爬架吧，
不要猫薄荷，
我喜欢小铃铛，
安置一个温馨小窝，
我是三三，
亲自为妈妈颁发

高级铲屎官证书。

斑斑爱吃牛肉，要碎的。
三三爱吃虾，要白灼。
罐头可以干湿两吃，
猫粮其实一直都很合口味，
我们是三三和斑斑，
我们一直在爱的围绕中成长。

5

伟大的治疗师们

我不知道，

今天的太阳是什么时候落山的。

我忘记了，

如何一步步踏入无法脱身的漩涡。

我忽略了，

一路走来的风景和耳边的风声。

我是海星，

被疲倦和空洞覆盖的周末，

我忘记了时钟在走，

还有回家的路。

没有抱我，

没有和斑斑打招呼，

我是三三，看着妈妈

无神地去沙发上，

满眼泪水，她从来没这样过。

我能感受到妈妈的心跳——

比我的慢些，一如既往。

趴在她的心口，给她温暖。

我也感受到了，

妈妈从未这样过。

这时候她会需要陪伴吧。

我是斑斑，

我献上自己的双脚，

通过按摩来献出我的陪伴。

我是三三，

我是伟大的治疗师，

咕噜声是我的独家秘方。

我是斑斑，

我是伟大的治疗师，

咕噜声是我的独家秘方。

我是海星，

三三和斑斑是我的伟大治疗师，

我经常被他们治愈到，

有力量去直视阳光。

我们不一样

喜欢超大的耳环，
喜欢珍珠圆圆的质感，
喜欢细细长长的项链，
我是三三，

喜欢叼着妈妈的首饰满屋子跑，

被追逐是快乐的，

——我的毛飞起来是自由的。

喜欢钻到被子里，

喜欢偷偷喝杯子里的水，

臣服在逗猫棒之下只是假象，

我是斑斑，

我是世界之王，

享受着世界的尊重和爱，

一瞬温暖，一瞬邪魅。

每一瞬间都是真实的

——包括我让你看到的假象。

7

TTouch①

我喜欢你身上先有我的味道；

我喜欢你主动抱我；

我喜欢你被我拒绝三次之后，

---

① 国际知名动物专家琳达·泰林顿琼斯博士创立的动物按摩法，通过一系列画圈抚摸和力道的变化，以温柔有效的方式和猫咪沟通互动，改善猫咪的不良行为，并增进猫咪和主人的情感联结。

还是热情地呼唤我。

我是三三——只是希望妈妈爱我。

你抱我就好，

什么时候都可以；

你挠我的下巴就好，

有空的时候就可以；

你让我靠在腿上就好，

哪怕另一条腿上三三也在。

我是斑斑，一直都是乐天派。

每天进门后的第一件事情，

就是来抱你，我的三三；

每天进门后抱着三三的同时，

赶紧给你进行 TTouch 啊，我的斑斑。

我们之间爱的互动，是彼此互融的

——传递温暖，消除疲倦。

（8）

医院是
可怕的地方

我用我的沉默画出一条线
——希望这样就没有人越过；
我用我的不温顺逼出身上的寒气
——希望这样就没人来折磨我；

我的眉头微微拧起来

——希望有人知道我的内心已经波涛汹涌；

我是三三，医院是个可怕的地方。

我要用我的爪子证明我是不容侵犯的霸主；

我要用我的怒吼证明我的不情不愿；

我要用我的怒视逼退这些对我动手动脚的人。

我是斑斑，我的身体里少了些什么，

——在这家医院，

医院是个可怕的地方。

为什么妈妈会送我来这个可怕的地方？

为什么妈妈会送我们来这个可怕的地方？

明明我从来都只对她温柔，

明明只有她能感受到我隐隐的情绪。

我叫三三，我是姐姐。

我叫斑斑，我是弟弟。

在医院住了一晚，见到妈妈后，
我们还是没忍住向她撒娇。

三三和斑斑，
你们没有生病。
这次来医院做绝育手术，
是我自作主张的爱。
可能会被人指责和埋怨，
很感谢你们在手术后见到我，
还是一如既往地依赖。

9

收藏家、捣蛋鬼和小无赖

我爱精致的东西，
葡萄、蓝莓、车厘子，
圆滚滚地，
我喜欢用手把它们

从盘子里拨弄出来的感觉。

有一次我用了整夜的时间，

把 49 颗车厘子一一扔到地上。

早上的时候，

把近视的妈妈吓了一跳。

其中有 3 颗被我藏到了沙发下，

我是三三，

我爱这收藏家的游戏。

撕扯、撕扯、撕扯，

乱咬、乱咬、乱咬。

这是我的绝活。

我是斑斑，

我喜欢被细线缠绕，

我喜欢被纸屑包围，

我喜欢用牙齿把海绵球咬到满天飞。

我是妈妈的捣蛋鬼。

在纸箱里躲猫猫的，

是三三和斑斑；

在口袋里转圈圈的，

是三三和斑斑；

把泡沫板抓到飞起来的，

依旧是三三和斑斑。

他们是海星家的小无赖。

10

我们仨

妈妈在睡觉，

妈妈是个邋遢鬼。

她的头发比我的毛发要长，

比我的毛发更乱。

我是三三，

我要亲自为她打理。

一下，吱吱；

两下，吱吱；

三下，吱吱。

我用自己的口水

——为午睡的妈妈整理头发。

妈妈情绪不高，

三三在用自己的味道为她治愈。

我不能缺席这样的机会，

看我从王座（柜顶）上飞下来。

咚——

我避免砸到妈妈的身体。

这是个有意思的游戏。

一下，吱吱；

两下，吱吱；

三下，吱吱。

我是斑斑，我用自己的口水

——为午睡的妈妈整理头发。

吱吱？三三？

吱吱？斑斑？

咕噜噜？三三？

咕噜噜？斑斑？

阳光洒在脸上，

我感受着你们的气息。

在一个安静的午后。

我是海星，

迷迷糊糊地享受着清晰的幸福

——有阳光的安静午后。

我们每每感受着爱

我每每感受着爱，

干妈、阿姨、姐姐、舅妈，

各种称呼，非常爱我。

我很享受大家给我做耳部按摩、

颈部放松、背部轻抚……

都可以让我感受到女王的待遇。

但是，我的肚腩是我身上的禁地。

谁试图来摸，我都会凶狠起来

——抓和咬，其实和温柔不冲突。

我是三三，

我的肚腩唯独对妈妈例外，

——只是偶尔会轻轻抓、咬。

但我可以每天用

"爱心鼻"送去早安吻。

换她称我为"公主"。

我每每感受着爱，

干妈、阿姨、姐姐、舅妈，

各种称呼，非常爱我。

我很享受大家给我做耳部按摩、

颈部放松、背部轻抚……

众所周知，我是家里的王。

但是，我终究是不会被诱惑的。

谁误以为我温顺，

我必出其不意使出我的杀手锏：

抓和咬。

放心，我都是开玩笑的

——只有和符符干妈那次有些过火。

我是斑斑，

我的肚腩没那么敏感，

给妈妈送去早安吻？

算了吧！那个时间我都在打盹儿，

并不影响她喊我"迷糊王子"。

12

鑫鑫来度假·
王位之谜

我万万没想到会被安排来夏令营，
地点是三三和斑斑家。
罐头、维生素片、猫条。
妈妈带的零食其实还算丰富。

纸球、逗猫棒、吸管。
这些玩具也不算无趣。
我是鑫鑫，借机来和猫相处。
对付斑斑，
在体型和速度上我是有优势的，
我说的"对付"是玩游戏。
三三是我的理想型，
我喜欢她对我的不屑一顾。

我是斑斑，
对于鑫鑫的到来特别有感想。
我跑的时候不是因为怕他，
我也是逗他玩呢。
至于被追到从沙发上掉下去，
偶尔被摁住动不了，
都是我作为哥哥在让他。
还是特别感谢，

三三每次帮我解围——虽然是多此一举。

我是三三，家里的女王。
任由鑫鑫如何对待斑斑，
在我面前从来是只能服从。
我低吼他，他远远守着我；
我无视他，他会跟着我。
我无法解开的心结——
他曾经偷偷亲我的时候，
我怎可以没有防范。
这个世界上，除了妈妈，
还没有谁敢这么对我呢！
至于斑斑，
在我面前会炫耀体力优势，
在鑫鑫面前，
还抵不过我的一声低吼。

13

以秒计算的
洗澡时间

如果说家里

有哪个地方是我永远不想去的，

那就是洗手间。

谁能想象我曾经被舅舅绑架进去洗了个澡。

太可怕的记忆。

妈妈每天去洗澡的时候，

我担心她会遭遇

和我曾经一样的恐惧，

我真的很不喜欢

被水淋湿的感觉。

我是三三，

以秒计算的恐惧，

每天都要经历一次。

我要等着妈妈洗澡出来才会放心。

其实三三有点小题大做，

偶尔还担心到在门口大叫。

洗澡也没多可怕——

上次我去洗澡不是被吓尿的，

是本能——对，本能！

我是斑斑，并不是不爱妈妈，

毕竟我也会在无聊的时候，

陪着三三在洗手间门口，

等妈妈。

我们的家

三三篇：

我印象最深的，

是和妈妈一起生活的第一个房子。

那是我们第一次见面的地方，

不是很大，但是我也很小，

妈妈的双手可以把我的整个身体包裹。

那里有很多书架，

每个格子都可以用来捉迷藏。

妈妈第一次把我的指甲剪出血的时候，

她吓坏了，我生气了，

躲在格子里，

就当是"离家出走"了。

斑斑篇：

我很喜欢现在的房子，

餐桌、茶几、沙发、柜顶，

我的专属四连跳运动场。

猫笼顶、冰箱顶、空调顶，

我王者地位的象征。

对了，请谁都不要和我妈妈询问，

我整个身体被挂在窗帘上的经历，

那只是我四连跳的小插曲，

以及上空调顶半路串了个门儿。

海星篇：
我们还会去新的房子，
那是你们可以终身所有的领地。
装潢的第一考虑因素是你们的安全，
第二考虑因素是你们的活动空间，
第三考虑因素是你们喜欢的简洁，
第四考虑因素是你们喜欢的安静。
我的三三和斑斑，
因为你们的出现，
生活才越来越阳光明媚；
因为你们的出现，
生活才会变成彩虹色，
才弥漫了百合香。
我才能听到幸福
在生命中流淌的声音。

15

Supi 来度假·不知

疲倦的高音演说家

Supi 篇：

谈起去三三和斑斑家的情绪，

现在回想都很复杂。

第一次去，我绝食了，

在床底下的角落里与黑暗融合。

第二次去，那里是我们五只猫的天下，

没有理由的你追我赶，

我还把天花板的装饰拆了，

现在想想还挺不可思议，哼！

第三次去，我被发现了话唠的特点，

实在没忍住，啥事儿都想发表观点。

三三篇：

原本我一直都会"咕噜噜"声，

通过 Supi 解锁了新技能"嘶——"，

本以为她是在和我交朋友，

原来她是在凶我。

现在想想才记起来，

那段时间我每次低吼

"嘶——"，斑斑都躲着我，

妈妈还格外敏感。

斑斑篇：

说起 Supi 来，

她刚来的时候对我很凶，

还好有三三在旁边陪着我，

帮我凶回去了——

请相信我，三三是有这样一面的。

她熟络之后有很多话，

很有活力、声音清亮。

我怀疑她追求过我，

但是我没有兴致了——

第一次意识到被送去医院后

我失去了什么。

16

圆圆来做客·
神奇的能力者

我是圆圆，

我的同胞弟弟圈圈，

在疫情期间离家出走了，

我想他有可能是找不到回家的路了，

但我更希望他是去追逐梦想不愿回来。

我被送到了一个陌生的地方——

粉色的笼子有 4 层，

我没有感受到威胁。

家里不是第一次来客人，

但是我还是忍不住好奇：

低吼、嘶吼、咕噜噜。

我用不同的声音来看她的反应，

我是三三，

自从圆圆来了，

妈妈回家后

第一件事情是去找圆圆打招呼。

虽然是她对失去圈圈的额外关心，

我还是没忍住，远远离开，

在厨房门口——透着高冷。

圆圆和我很像，

但是也有很大的不同——

起码她的尾巴看起来是粗粗短短的。

咳咳，我并不是说她不可爱。

她很温顺——

起码一直在照顾我和三三的脾气。

到现在我还没想明白的是，

她是怎么轻易打开笼子门的。

哦，我是斑斑。

五只猫的天堂

我是 Supi，

来三三和斑斑家过春节，

她们的妈妈回老家了。

我反而自在了很多。

我是四宝，

和小白来三三和斑斑家过春节，

还认识了新朋友 Supi，

第一次见到毛色黝黑的同类。

我得观察一下，

然后再考虑我在这里的地位。

我是小白，

比三三白很多，

并不讨厌这里。

有四宝陪我就很好了。

我是三三，

沙发、茶几、电视柜、餐桌、柜顶。

我和斑斑的领地被朋友们占领了。

我不生气，

四宝发明了"夜晚酷跑游戏"，

妈妈说我们游戏的时候，

他们是四道光，

而我是一个慢吞吞的小肉球，

她是爱我的。

我是斑斑，

Supi 来了，还是没怎么胖起来。

四宝和小白很老成，

不言不语，让猫琢磨不透。

我并不介意他们来，

虽然猫砂盆需要排队。

好处就是春节放鞭炮的时候，

五只一起，

会比家里只有我和三三感觉好很多。

——这一点好处，

妈妈很久之后才意识到。

18

和平与战争

我爱睡觉，爱清静。

阳光照在我的脸上，我爱暖暖。

我爱温柔，

什么在温柔地抚摸我的头，

我的脖子上的毛在被温柔地轻抚。

温柔——越来越快。

不是我喜欢的节奏。

咬——拍——"嗤"。

打扰我的清静、我的睡眠，

我会超级凶，

没有宣战就三连击：

咬——拍——"嗤"。

我是三三，

我爱睡觉，爱清静。

阳光照在我的脸上，我爱暖暖。

我爱温柔。

一起睡觉，

一起洗脸，

一起喝水，

一起吃罐头，

一起踩踩，

一起舔舔。

小尾巴绕圈圈——我要宣战啦！

所有的和谐都无法取代我的威武。

快速移动——出击。

没打到三三，是我手下留情。

我是斑斑，三三精准打到了我

——是我手下留情。

但我还是忍不住好奇

——我移动那么快，

她怎么能一下就打到我的？

很痛——我对三三手下留情，

和主动宣战不冲突。

梦

三三在练习跳跃，

——沙发

——陌生的桌子

——阳台的门。

从未有过的爆发力和矫健。

我耽于好奇，

我的端庄公主在飞跃

——越过阳台的门，直接

掉了下去。

26 层的高度——死亡；

——沙发

——陌生的桌子

——阳台的门

……

斑斑也循着同样的路线飞下去。

他一层层地抓着什么，

飞速下移。

我看到了三三——一动不动；

我看到了斑斑——他是去救三三的。

我陷入了失去三三和斑斑的
剜心之痛中。
我是海星，从梦中哭醒。
夜，吞噬了我的恐惧，
也放大了我的恐惧。

妈妈忘记关衣柜门啦，
躲猫猫的天堂。
在最爱的毛茸茸衣服里面
——我睡着了。
妈妈在叫我——好困。
妈妈在找我——我在做梦。
"啪"——我的梦碎了。
"啪"——妈妈打了我的屁股。
"斑斑，妈妈以为你跳楼了！"
——妈妈在说什么？我不懂。
我是斑斑，

不知道为什么挨打，

但是妈妈很伤心。

妈妈送走了修理师傅，

妈妈看到阳台窗户被打开了。

妈妈在喊我和斑斑，

看到我便紧紧抱在怀里

——有些不安。

斑斑不在床底下；

斑斑不在沙发下；

衣柜里也没看到斑斑。

妈妈哭了！

出门，回来

——她还在哭，还在找斑斑。

"喵呜——喵呜——"

斑斑从衣柜里跑到妈妈怀里，

斑斑在挨打——妈妈边哭边打。

我是三三，

想走进妈妈的恐惧里，

想走进斑斑的梦里看看。

第二部分　朋友们的猫声

1

豆豆探险记

黎展华

我不知道三文鱼味的猫条和一顿毒打，

哪一个先到。

说完我舔了舔前爪子们，

揉揉那撞得满头包的头
——幸亏没秃。

为什么我要在 5 点 39 分
窗帘遮不住幽蓝光的房间里，
从窗台纵身一跃，
撞到铲屎官那条大粗腿上？

可能那长得像昨晚吃的火腿吧！
被子把我包裹住，
随后我就被连甩带踢地飞离床边。

砰！
喵！！！

我疼得叫了一声，
那个大东西安静了，

也没再动。

今晚还是睡床底吧，

不然谁知道会不会又被踹下床。

我叫豆豆，

这是我在巨人国房间探险的第 576 天。

2

无法填满的空和无法取代满

吴　俊

2018 年 4 月 6 日，

2020 年 5 月 2 日，

这两天，其实，是三只猫咪的生日，

圈圈，圆圆，小新，
都是，或曾是我的猫，
在不长不短的 3 年时光中，
他们陪伴在我身边，始终没变。

我偏爱圈圈，
也思念着圈圈，
在他离家去探险 1 年未归之后，
没有丝毫减弱，而这种经历和感受，
我再也不想拥有。

圆圆伴我最久，
我偏爱圈圈时，陪着我；
圈圈出走后，陪着我；
小新来到后，陪着我。

疫情，

我被隔离在湖北，

圈圈离家出走，

圈圈在广州。

是孤独无助，还是坚强等候

——现在已经说不清。

"历经大难，久别重逢"

弥足珍贵的重聚——只有彼此懂得。

小新，又名"小心"，

这是我对自己的告诫和鼓励。

小家伙单纯，

体能，完全没法与哥哥姐姐比，

好在长得不错。

勇敢爱探险，

坚强长情爱守候，

傻傻憨憨爱吃喝。

——性格完全不同的

圆圆、圈圈和小新。

谁都无法替代谁，

谁都无法平衡也无法打破的我的爱。

3

回
家

■ 边麒兆

（一）

我时常不明白为啥人类要这么折腾，

东奔西跑的。

慢着，有点不对劲……

他为啥在收拾衣服，

她为啥又打开了行李箱，

糟了，

连猫包也从角落里被掏出来了！

喵呜——

"完了完了，又要坐车

——最讨厌过春节了！

球球好儿子，

帮我看看躲在哪里能不被看见。"

咻——

"床下好藏喵，每次妈妈都很难找到我。"

3 分钟，

5 分钟，

10 分钟过去了！

"哎——终究难逃妈妈的魔爪。"

"哈哈哈，

猫爸老老实实地进来不香嘛，

非要跟妈妈捉迷藏，

结果不还是一样。

坚持一下啦，

等到家了就有各种好吃的了。"

酱宝瞪着铜铃般的眼睛，

把小嘴张到最大，

喵喵地似乎在呐喊：

"铲屎的，你开慢点，

朕的生命就这样交到你手里了。"

灰酱既不像丰子恺的白鹅一样有趣，

也不像老舍家的母鸡一样神气活现。

但像孩子一样任性、淘气；

陌生的环境里他胆小如鼠，

一旦熟悉环境则爬高上低，

只有你想不到的地儿，

没有他去不了的地儿。

（二）

我是灰酱，

这是我来到这个家的第 962 天，

我是一个天生喜欢自由，

而又懒散的喵星人。

我喜欢我的家，

在这个家的每一天我都过得无比舒心和惬意，

但……有一件最让我讨厌和害怕的事

——过年，

一过年又要坐车长途奔波了！

刺啦！

又是猫包，

看见这玩意儿就像看见牢房一样，

会让我失去自由。

别问我为什么，

因为在接下来的 18 个小时里，

我除了被断粮，

连上厕所的权利都被剥夺了；

并被扔进一个看着很大，

却没有我一席之地的空间。

只能在夹缝中蜷缩着，

限制了我的自由。

大盒子外面各种滴滴答答的声音，

让我倍感压力。

不受控制地在包里拉屎撒尿，

让一只爱干净的喵星人

——自尊受到了伤害。

——留下了猫生笑柄。

呼呼啦啦……

怎么这么冷？

让我想起一首歌——

"北风那个吹，雪花那个飘……"

嗷——别问我怎么知道这首歌的。

哦——天哪！

我竟然能知道这首歌。

转眼我被"流放"到另一个空间。

我用装死来抗议铲屎的给我穿新衣，

抗议接下来未知时日的被"流放"。

4

崽子随笔

黄流凯

（一）小白来了

"又发现了一只，你还要吗？"
晚上十点半我收到这条微信时，
舍友柚子头在十几公里外的大学城，
而我，在刚入住的出租屋中。
看着屋里到处撒欢的四宝，
和微信照片中路灯下发抖的小白猫。
我不禁陷入了担忧和沉思：
我把柚子头当兄弟，
这家伙该不会喜欢我吧？
不然就一句"毕业后一定要只猫"的话，
他怎么惦记到现在呢？

半个小时后，

他已经抱着纸箱出现在我家门口了。

一如半个月前——

他用书包把四宝送过来一样，

一样的"草率"和猝不及防。

见到小白的第一面

就让我有了"尽人事听天命"的想法。

——被眼屎糊满的眼睛和细不可闻的叫声，

着实让人产生不了好念头。

我才明白了柚子头在微信里说的：

"你不要她的话，

她估计过不了今晚了。"

去社区医院买了针管，

跑遍了半个棠下村找到瓶羊奶，

半哄半塞地喂了几管下去，

两人两猫就迷迷糊糊地睡去了。

所幸，故事并不狗血。

柚子头，确实是把我当兄弟，

小白，也没有败给这场"与妈妈的意外走散"。

（二）柚子头、我和猫

柚子头，我死党，

外号源于他柚子般又大又圆的头。

四宝，我的第一只猫，

柚子头女朋友逛街时跟水果店老板要的，

名字源于歌《采茶纪》。

小白，我的第二只猫，

柚子头在宿舍楼下捡到的，

名字源于《武林外传》中的白展堂。

我一直觉得，

自己像是意外怀孕的小年轻，

屈于公婆（柚子头）的压力，

毫无准备地接过了养娃的重任。

和养娃有很多共同点

——你会期待娃是否成才：

长得圆润可爱一点，老子还要拍照晒圈呢；

——你会担心娃是否会走歪路：

猫的歪路就是随地拉屎撒尿，呲牙抓人。

——你会怀疑自己给娃的是否足够了：

猫粮猫砂、玩具爬架、零食薄荷，还有什么没买吗？

和养娃又有很大不同

——猫这种"渣渣"性格，

其实更像养了两位"长辈"

——还有谁能让我整天跪在地上喵喵叫呢？

比起我和他们的关系，

他们之间的关系更让我迷惑。

小白来家里后，

四宝一点都没有前辈的自觉。

动辄拳打脚踢，

这也造成了小白胆小怕人的性格。

再后来，他们生下了 4 个崽子，

让我一度觉得，

我给四宝这"地主"

找了个"童养媳"。

有时，我觉得他们的关系，

怎么看都像我爷爷和奶奶

两人在一起过了一辈子，

互相看不顺眼了一辈子。

当然，生活并不都是猫拳猫脚，

小白得猫瘟的那个晚上，

我不止一次看到四宝在床头帮她舔毛，

这大概就是渣男的片刻温存吧。

小白被四宝吓出来的，

不只是胆小的性格。

还有到现在都没好的超级泪眼，

一只右眼：吃东西流泪、

打架流泪、玩玩具流泪。

林黛玉见了应该都会直呼自愧不如。

我常常跟朋友说，

按《红楼梦》的说法，

小白上辈子指定是一个不会流泪的铁娘子，

这辈子才会被罚，做一只"泪猫"。

（三）驯服

我们一人两猫互相当"长辈"的日子，

不知不觉已经快 4 年了。

高中在《小王子》中看到过一个词

——驯服，

一直未解其意。

直到年前我去北京出差，

住在酒店的一个多月里，

每次开门拿外卖取快递，

我都会下意识地用手虚掩着门，

余光瞥着脚下……

一回头才意识到，

这是在酒店，

并没有猫会跑出去。

小王子和玫瑰互相驯服，

我和我的两位"长辈"也互相驯服了。